LENDAS DE ABREU E LIMA E OUTRAS HISTÓRIAS

LENDAS DE ABREU E LIMA E OUTRAS HISTÓRIAS

ALDIVAN TORRES

Canary Of Joy

Contents

1 Lendas de Abreu e lima e outras histórias   1

I

Lendas de Abreu e lima e outras histórias

Lendas de Abreu e lima e outras histórias
Aldivan Torres

Autor: Aldivan Torres
©2020- Aldivan Torres
Todos os direitos reservados.
Série: Fábulas do Universo

Este livro, incluindo todas as suas partes, é protegido por Copyright e não pode ser reproduzido sem a permissão do autor, revendido ou transferido.

Aldivan Torres, natural do Brasil, é um escritor consolidado em vários gêneros. Até o momento tem títulos publicados em dezenas de idiomas. Desde cedo, sempre foi um amante da arte da escrita tendo consolidado uma carreira profissional a partir do segundo semestre de 2013. Espera com seus escritos contribuir para a cultura Pernambucana e Brasileira, despertando o prazer de ler naqueles que ainda não tenham o hábito. Sua missão é conquistar o coração de cada um dos seus leitores. Além da literatura, seus gostos principais são a música, as viagens, os amigos, a família e o próprio prazer de viver. "Pela literatura, igualdade, fraternidade, justiça, dignidade e honra do ser humano sempre" é o seu lema.

Lendas de Abreu e lima e outras histórias

O amor não tem fronteiras

O fantasma do Engenho

Passeando na Reserva ecológica de São Bento

Lendas de Afogados de Ingazeira

O escravo feiticeiro da fazenda Alazão

Antônio Silvino, um dos principais líderes do cangaço no Nordeste Brasileiro

Um passeio na serra do Giz

Lendas de Afogados da Ingazeira

Carnaval fora de época de Afogados da Ingazeira- Afogarêta

Encontro de Motociclistas

Balé Popular de Afogados da Ingazeira

Desfile de vaqueiros

Lendas de Ingazeira

A cobra do Rio Pajeú

Amor proibido na fazenda Ingazeira

Lendas de Afrânio

Lendas de Agrestina

Fuga de escravos

Festa de Nossa senhora do desterro

Lendas de Água Preta

Histórias da Usina Santa Therezinha

Projeto carnavalesco O Barão da Água preta

Lendas de Alagoinha

Vaquejada

Lendas de Aliança

Maracatu de Baque Solto

Lendas de Abreu e Lima

O amor não tem fronteiras

Era o ano de 1535. Duarte coelho e seus soldados começaram a desbravar as regiões da mata do atual município de Abreu e Lima. Ele se transferiu com a esposa e a filha para uma região montanhosa, lugar onde o sol e o vento eram vertiginosamente fortes. Com a construção do bangalô real, finalmente puderam fixar residência na região.

Acostumadas com o frenesi da capital, eles se espantaram com a calmaria do sítio Jaguaribe. Suas atividades se resumiam ao trabalho doméstico, tomar banho no rio, fazer compras na cidade mais próxima e passear de cavalo. Numa dessas andanças pelo sítio, Pamela encontrou com um belo cavalheiro a galopar por aquelas estradas. Respeitosamente, ele desceu do cavalo para cumprimentar a moça.

Romeo

Boa tarde, senhorita? O que uma bela moça como você faz nesse lugar tão esquisito e abandonado? Você sabia que isso ás vezes é perigoso?

Pamela

Eu estou passeando para me distrair. Obrigado

por se preocupar. Mas sei me defender. Eu aprendi artes marciais.

Romeo

Que espantoso! Você é muito prevenida. Eu estava te observando. Você é uma donzela muito bonita. Se eu não fosse noivo, eu iria me candidatar para ser seu namorado.

Pamela

Agradeço seu interesse. Não é todo dia que desperto esse sentimento. Mas sempre respeito o amor dos outros. Portanto, não fale mais sobre isso.

Romeo

Eu respeito sua decisão. Eu não estou indo bem com minha namorada. Ela é uma mulher muito arisca. Eu às vezes me aborreço com ela.

Pamela

Se você terminar o namoro com ela, posso pensar no seu caso.

Romeo

Era o que eu esperava ouvir. Tenho que ir embora agora. Voltarei com notícias em breve.

Pamela

Vá com Deus!

Os dois se despediram e cada um foi para um

lugar diferente. Uma semana depois, encontram-se no mesmo local de sempre.

Romeo

Voltei como prometi. Eu me separei da minha noiva. Quer namorar comigo?

Pamela

Aceito. Estou precisando realmente disso.

Os dois começaram a trocar carícias e se amar. Quem perdeu nessa história foi a mulher traída. Entretanto, ela era filha duma poderosa feiticeira. Com muita raiva, foi feito uma magia para transformar a garota feliz numa boboca. Dessa forma, esse novo amor seria impedido.

Pamela começou a apresentar problemas de saúde mental. Foram consultados os melhores médicos, mas parecia um caso sem solução. Foi aí que o noivo percebeu do que se tratava. Contrataram um índio xamã e a magia foi desfeita para sempre. Então o novo casal pode continuar a ser feliz. Anos depois, casaram-se e tiveram filhos. Formando o conceito da época de família feliz.

O fantasma do Engenho

Duarte coelho e sua esposa se mudaram para

um Engenho antigo após o casamento da filha. Contrataram um empregado para ajudar nas tarefas domésticos e adotaram um filho chamado Roger para alegrar a rotina do casal. Tudo estava normal até que começaram a acontecer estranhos fenômenos sensoriais e visuais.

Ouviam passos na casa, objetos se mexendo, fogos que acendiam sozinhos, lâmpadas que se apagavam sem nenhuma explicação. Á noite, todos eram atormentados por fantasmas que só pretendiam se assustar e se divertir. Até que um dia, o patrono da casa tomou coragem e foi enfrentar um fantasma.

Fantasma

Quer dizer que resolveu me enfrentar? Você é realmente corajoso.

Duarte

Eu estou um pouco chateado com todas essas bagunças. Vocês não deixam minha família em paz. Poderiam nos tratar melhor?

Fantasma

Vocês invadiram meu território e ainda acham ruim? Isso é sem sentido, já pensou nisso?

Duarte

Quem é você?

Fantasma

Sou o antigo dono deste Engenho. Há duzentos anos atrás, eu e minha família vivíamos aqui. Somos os desbravadores do Brasil. Portugueses que chegaram antes mesmo da primeira expedição oficial. Nós preparamos a terra, escravizamos os índios, também trabalhos muito, construímos este Engenho e fizemos extensas plantações. Nós prosperamos o Brasil. No entanto, nosso trabalho nunca foi notado. Somos apontados pela história como vilões. Mas não é exatamente dessa maneira. Nós fizemos o Brasil crescer e isso devia valer alguma coisa. Nós construímos a base da sociedade. Nós criamos as regras para que os outros obedecessem e tivéssemos nossas regalias. Mas parece que isso foi interpretado de outra forma. Enfim, você está pisando num local cheio de energias negativas. Por isso, você sofre. Se quiser ficar aqui, vai ter que se acostumar. Somos fantasmas. Não conseguimos fazer mal fisicamente. Podemos apenas te atormentar.

Duarte

Agradeço sua explicação. Respeitamos esta história triste e magnífica do Brasil. Nós compreendemos seus motivos. Ficaremos pelo nosso próprio bem. É ótimo fazer parte dessa história.

Fantasma

Como você é compreensivo, ficaremos mais quietos. Sabemos respeitar os outros também.

Com essa reunião, a situação ficou equilibrada. O Engenho permaneceu assombrado, mas a família teve paz.

Passeando na Reserva ecológica de São Bento

A trupe do vidente organiza um passeio para Abreu e lima. A equipe é composta por Beatriz, Renato, Divine e o espírito da Montanha. Era um descanso merecido após inúmeras aventuras complicadas e desafiadoras.

Eles começam a caminhar numa das trilhas. O sol quentíssimo amenizado por uma brisa fina acalenta os corações dos viajantes.

Divine

Eu me sinto em completa harmonia com a natureza. Eu sinto a força das entidades nos conduzindo a completa energização da alma. Parece que nada mais faz sentido ou desemboca na complexa noite escura da alma. Os chacras explodem e nos dão a dimensão da evolução espiritual. Tudo se torna mais simples ou até mesmo mais complicado dependendo da pessoa. É uma situação de vivência de extremos. Comparo isso a um gatilho da mente que nos faz transformar situações e viver plenamente a vida. É preciso planejar cada passo e viver cada momento como se fosse único. É preciso se desprender do material e da noção do tempo para poder flutuar em emoções gigantes. Renascer é suficiente para poder entender o complexo mistério da vida.

Beatriz

Eu sinto energias bem poderosas emanadas da deusa mãe. A face feminina de Deus nos traz a reflexão sobre os mais diversos aspectos da vida. Ela nos dá uma direção e nos dá a escolha. Somos totalmente livres e capazes de encontrar a felicidade. A sensação de bem-estar está dentro de nós. É inútil procurar a felicidade em um par romântico, em um familiar ou em qualquer outra pessoa. Quando percebemos isso, podemos realmente construir algo de útil para nós mesmos. A fim de evoluir, temos que abraçar a causa do bem. Nossas ações nos creditam a possível iluminação da alma.

Mas para atingir esse êxtase total, temos que nos livrar das energias negativas da inveja, arrogância e orgulho.

Renato

Eu sou fruto da terra. Sou filho de Tupã e valente guerreiro de Judá. Qual é o sentido da vida? O que realmente buscamos nessa breve passagem na terra? Na minha breve vida, aprendi a valorizar o que realmente é importante: Deus, saúde, família, amigos, trabalho, lazer, aventuras, natureza e descanso. Precisamos, na minha opinião, nos desligar das coisas materiais. Temos que viver mais e sorrir mais. A tristeza, as discussões e as mágoas devem estar no passado. Se você não esquecer o passado ruim, isso vai te atormentar a vida inteira. Você vai deixar escapar o presente maravilhoso que Deus preparou para você. Isso é algo frustrante. Portanto, vamos viver mais enquanto temos tempo.

Espírito da montanha

Esses encontros são importantes para todos. Fortalece a união entre os amigos e consolida um espírito de paz em nossas vidas. É um momento de reflexão necessário para nossas carreiras. Somos a equipe do vidente, um grupo especial destinado a conquistar o mundo. Nossa missão é trazer entretenimento para os leitores duma forma saudável e instrutiva.

A conversa continua. A caminhada segue num ritmo lento e eles tem a oportunidade de conhecer melhor o local. Olhar para natureza é um convite para olhar para si mesmo. Isso é um exercício sem cobranças, uma espécie de ritual de afirmação. Chega de inventar desculpas pelo seu fracasso. Chega de apenas sonhar. Precisamos realizar nossos objetivos o quanto antes. É preciso agir ao invés de ser espectador da vida. Quando assumimos esse controle e afugentamos nosso medo interior, somos capazes de ter coragem de tomar certas decisões. É preciso enfrentar a vida com os riscos que se apresenta. Está na hora de abrir aquele negócio que você sempre desejou. Está na hora de declarar seu amor para aquela pessoa especial. Está na hora de se livrar daquele emprego chato e trabalhar naquilo que realmente você gosta, mas sem cometer loucuras. Aí entra o planejamento. Temos as seguintes etapas: Planejamento, análise e ação. Sem essas etapas, seus sonhos podem fracassar completamente. Tudo tem seu momento certo. Não queira apressar as coisas pois na maioria das vezes não dá certo. Há também casos que você pode conciliar as duas coisas. Você pode se dedicar a um trabalho chato durante o dia e exercer sua arte nas horas de folga. Isso também é válido e é o mais comum na vida de todos nós. Muitas vezes o que você gosta de fazer não lhe rende o suficiente para sobreviver. É aí que a razão entra em cena e te coloca numa situação parcial de felicidade. Mas muitas vezes é a única solução possível. Esse é meu caso.

O mundo gira completamente quando estamos nesse estado de contemplação mental na natureza. Só sentindo essa experiência para entender exatamente o que estou dizendo. Foi exatamente o que se passou com nossa equipe. Lindos, elegantes e felizes na bela cidade de Abreu e Lima.

Lendas de Afogados de Ingazeira
O escravo feiticeiro da fazenda Alazão

A fazenda Alazão foi o primeiro grande latifúndio do município de Afogados da Ingazeira. Sua atividade econômica era a criação de gado bovino, as extensas plantações de milho, feijão e soja além da plantação de cana-de-açúcar. Estávamos no início da colonização do Brasil e era um período de grande desenvolvimento econômico, cultural e social. Para realizar os serviços, precisavam de mão de obra abundante. Os índios se mostravam preguiçosos e muito arredios. Portanto, a solução foi trazer negros africanos para desempenhar as atividades.

Era um trabalho brutal, duro e escravo. Trabalhando cerca de doze horas por dia, os negros eram cruelmente açoitados por qualquer deslize cometido. Não recebiam nenhum salário. Trabalhavam em troca de alimentação e vestuário. A senzala era o local onde dormiam. Era um lugar podre, fétido e cheio de sujeira. Era uma situação de trabalho desumana.

Entretanto, havia entre eles um grande servo de Exu. Cansado de ser maltratado, esse bravo feiticeiro invocou sua magia contra o dono da fazenda. Isso lhe fez sofrer uma doença séria o que lhe levou até a morte. Com a morte do dono do latifúndio, os negros finalmente foram libertados de suas obrigações. Numa atitude de desprendimento, os herdeiros dividiram as terras entre os trabalhadores como forma de recompensar seu trabalho ao longo dos anos.

Numa época de injustiças, escravidão e perseguições foi uma grande conquista. Entendemos assim melhor o valor das coisas. A liberdade é nosso maior prêmio e direito como cidadão. Portanto, exerça sempre essa garantia em todas as situações da vida. Independentemente de nossa classe social, todos merecemos ser respeitados. Precisamos carregar isso para que nossas vozes sejam ouvidas. Precisamos refletir e analisar nossas atitudes. Só assim teremos a oportunidade de sermos completamente felizes e crescer. Viva a vida!

António Silvino, um dos principais líderes do cangaço no Nordeste Brasileiro

Natural de Afogados de Ingazeira, uma cidade no interior do Nordeste Brasileiro, Antônio Silvino foi o principal líder do movimento social chamado "Cangaço". Nascido numa família com três irmãos, vivia uma vida tranquila e pujante. Menino rude, mas educado, não transparecia ter nenhum resquício de violência no caráter.

Seu pai era conhecido como "Batista do Pajeú".

Era um homem muito arrogante e destemido o que lhe levou durante a vida a fazer muitos inimigos. Numa confusão numa festa, por causa duma mulher, levou três tiros de espingarda. Ainda foi socorrido, mas não sobreviveu. Esse acontecimento mudaria completamente o destino de um dos filhos. Revoltado com a morte de pai, Antônio Silvino matou o inimigo entrando a partir daí numa vida de crimes. Ele assumiu um bando de malfeitores começando a provocar terrorismo em todo o Nordeste Brasileiro.

Ele e seu bando atuavam principalmente no estado da Paraíba. Durante muito tempo, ele comandou atividades ilícitas na região movido por um ódio nunca antes visto. Depois de muito anos, foi finalmente preso pela polícia no estado de Pernambuco. Começou aí sua saga na prisão onde por muitos anos pagou pelos crimes cometidos mostrando assim que o crime não compensa a ninguém. Saindo da prisão, mostrou-se um homem regenerado e seguidor dos preceitos cristãos. Morreu alguns anos depois na paz de Cristo.

Um passeio na serra do Giz

Estávamos caminhando na estrada de Terra. Galopando nos cavalos, eu e minha equipe admiramos aquele nordeste rural. Muito pó, pedras, brisa fina, pássaros cantando, sol quente, animais, sertanejos que passam e sorriem, lavadeiras indo de encontro ao rio e uma nuvem de incertezas paira no ar. O que nos levou até aquele local tão místico e perigoso? Com certeza a sede de aventuras era um dos motivos. Tínhamos uma inquietação permanente em trazer novas histórias para os leitores. Estar naquele local sagrado, intocado da natureza, sempre nos fazia bem.

Guardiã

As entidades sopram do lado norte. Elas nos indicam um caminho seguro. Um caminho diversificado, com boas probabilidades de história. Uma história construída por gerações que desafiam nossa compreensão de mundo.

Renato

Isso é magnífico, mãe. Sinto uma leveza e um perigo no ar. Todos os ingredientes nos conduzem a uma viagem sem precedentes. É disso que todos nós precisamos.

Beatriz

E a Deusa mãe nos chamando. As entidades da natureza e as entidades astrais estão em pleno acordo. Precisamos tentar novamente.

Divine

As forças católicas também nos conduzem. Somos desiguais atuando em conjunto. Tudo nos leva a ser como o rio que flui, entregue a correnteza do destino. Não adianta lutar contra essa força. Mas podemos nadar em busca do melhor atalho para sobreviver.

O grupo está subindo a serra. Um misto de medo, inquietação e desespero ás vezes toma conta de seus sentimentos interiores. Encontram alguns elementos locais no caminho. Tudo é uma descoberta e aprendizado. Isso os faz crescer como seres humanos.

Passo a passo, encontram no ambiente da caatinga uma espécie de aliado contra as adversidades. Um tempo depois, finalmente se encontram no planalto antigo, com vários resquícios da civilização antiga.

Índio

Ainda bem que chegaram. Senti a presença de

vocês se aproximando. Eu sou um xamã poderoso desse local. O que buscam?

Divine

Buscamos um encontro com nós mesmos. Nós estamos implodindo antigos conceitos para realmente nos integrar á essência.

Guardiã

Procuramos o elo desse local místico com nossa própria ligação espiritual natural. É como uma volta ao passado.

Renato

Nos sentir parte dessa história é recompensador. É como um novo renascimento.

Beatriz

Essa mistura de conceitos, raças, credos e cores nos domina completamente. Precisamos do " Ponto de encontro" de nossas almas flua completamente.

Índio

Isso é extremamente fácil para mim. Fechem os olhos e sintam essa pressão da natureza. Essa espiritualidade profunda está em nós mesmos e no ambiente que nos cerca. Está em cada pedra, em cada folha, em cada passo que dão. É um olhar para si mesmo sem preconceito. É preciso deixar de pensar e seguir os desígnios do coração. Concentrem as energias no vácuo. Pensem que estão num local vazio, escuro e cheio de cobras venenosas. Treinem para não ter medo. Ergam os braços e sintam a luz do sol emanando. Pegue um pouco dessa energia e joguem nas cobras. Elas queimarão e desaparecerão. Assim devemos fazer com nossos problemas mais difíceis. Sempre há uma saída para todos os problemas.

A equipe do vidente continuou o passeio por muito tempo. Se deixaram levar por toda a mística local. Um dia para se tornar inesquecível.

Lendas de Afogados da Ingazeira
Carnaval fora de época de Afogados da Ingazeira- Afogarêta

Era o mês de Janeiro, mês de comemoração do Afogarêta, carnaval da cidade. A cidade estava cheio de turistas e entre eles estava os personagens da série o vidente. Eles fazem questão de não perder nenhum evento cultural desta cidade.

O dia é de alegria, diversão e muita dança por parte dos participantes. Lá estavam alegremente a se divertir os nossos augustos personagens quando aparece um velho bêbado a importunar.

Velho bêbado

Vocês parecem quatro catraias! Fica dançando como putas se oferecendo para os machos. Vocês tinham que criar vergonha na cara!

Beatriz

Meu senhor, carnaval é diversão. Que mundo o senhor vive? Hoje é uma vida liberal onde cada um cuida de sua vida.

Renato

Acho que isso não lhe diz respeito. O que ganha em nos ofender? Não lhe fizemos mal.

Guardiã

Espíritos de porco como o senhor não deviam estar aqui. Respeito é uma coisa que só os espíritos evoluídos aprendem.

Divine

Meu senhor, sabia que o senhor é mais bicha do que nós? Se nossa vida importa tanto para você, isso é um distúrbio mental e emocional. Acho que você tem algum desejo reprimido. Liberte-se, cadela! Tirar o peso das costas e sair do armário é uma coisa que vai lhe ajudar muito.

Velho bêbado

Vocês tem muita sorte que a polícia está nos observando. Se não fosse isso, teriam um grande prejuízo. Por essa vez, passa.

Beatriz

Vá embora, velho rabugento.

O homem asqueroso se afastou do grupo e foi incomodar outras pessoas. Enquanto isso, nossos amigos voltaram a aproveitar a festa. Havia muito a se divertir na noite da cidade de Afogados.

Encontro de Motociclistas

Poucos dias depois do carnaval fora de época, nossa trupe de amigos resolveu participar duma corrida maluca. Tratava-se do Afofest, encontro nacional de motociclistas a se realizar na cidade de Afogados da Ingazeira. Junto com ciclistas de todo país, eles começaram a percorrer uma maratona dentro da cidade.

Movidos ao vento, eles sentem o suor escorrendo e o coração bater mais forte neste exercício que é muito saudável para os músculos e para o corpo em geral. Sentem sensações diversas como o exercício fosse capaz de curar as dores e as frustrações da alma.

Neste instante, o pensamento do vidente voa e pousa em suas peripécias das infâncias, nas brincadeiras ao redor da praça, perto da Igreja e nas proximidades da várzea do rio Mimoso. A infância de alguém é o período mais maravilhoso da vida. Pena que ele não aproveitou o suficiente por ser tão pobre.

O exercício continua e eles tem que enfrentar a dura realidade. Entram numa estrada de terra e a poeira bate em seus rostos. Aquilo significava todas as dores que suportamos na vida. São agressões verbais, físicas e sexuais praticadas pelos outros e que maltrata nossa alma. Daí vem a questão do perdão. Perdoe mas não esqueça. Porque toda vez que você lembrar do episódio e sentir aquela dor estrangulada em seu peito, você vai errar menos. Amor verdadeiro é somente de Deus e da nossa mãe. Não se iluda com falsos amigos ou falsos amores. O que existe hoje em dia é um jogo de interesses.

Repentinamente, se concentram no caminho e aproveitam mais o exercício. Isso os deixa aliviado. Eles se sentem pertencentes ao universo, a Deusa mãe, ás entidades naturais, aos espíritos transgressores e evoluídos, aos orixás, e olham para si mesmos. Consideram aquilo uma grande vitória. Só o fato de estarem vivos e com saúde era uma grande vitória.

Balé Popular de Afogados da Ingazeira

Beatriz

Estou tão nervosa, pessoal! É a minha primeira apresentação de balé. Uma sensação de nervosismo, expectativa, alegria, emoção, brincadeira e conhecimento me preenchem. Me sinto um ponto fora da curva mesmo tendo treinado tanto.

Divine

Calma, amiga. Sei do seu esforço. Sou seu amigo e admirador pessoal. Desde quando te conheci, percebi seu potencial. Não se prenda pelo medo. Vai em frente. Você é capaz de superar mais essa barreira.

Guardiã

Um bom exercício para você se chama meditação. Limpe sua mente e concentre-se na circulação do ar, na atuação dos espíritos. Liberte sua capacidade para voar. Seja como o rio que flui, entregue totalmente ao seu destino.

Renato

Perceba seus pontos positivos e negativos. Tente dar o melhor de si. Esqueça as coisas ruins e analise as coisas boas. Se entregue ao universo e brilhe mais. Seja você mesma.

Beatriz

Obrigada a todos pelo conselhos. Estou pronta para fazer o melhor possível. Lá vamos nós!

Começa o espetáculo. Três bailarinas se apresentam diante do público. Com uma sequencia de passes de balé incríveis, arrancam aplausos do público. Isso as motiva mais no espetáculo. Há uma profusão e agitação incríveis que fazem elas dominar o ambiente. É um local descontraído, cheio de encantos, alegrias e emoções. O filho de Deus se entusiasma. Presenciar aquilo o levava a um jardim de delícias. Isso faz ele fazer uma viagem no tempo.

É um ambiente muito descontraído. Durante vinte minutos, o espetáculo permanece. A pequena wicca se destaca no grupo. Mesmo sem experiência, ela tinha uma leveza e doçura no olhar. Um mistério a cercava fazendo com que ela prendesse a atenção de todos. Tudo era muito bom e agregava conhecimento, cultura e história ao povo nordestino.

Terminado o espetáculo, o grupo de dança se

desfaz e se despedem do público. A pequena bruxa parecia aliviada. Mais uma etapa cumprida em sua evolução espiritual.

Desfile de vaqueiros

Começa a grande procissão. Centenas de vaqueiros em seus cavalos galopavam na cidade. Esse místico personagem nordestino que é tão importante para a cultura popular é destaque na cidade.

O vaqueiro é um elemento essencial para a fazenda. Manejando os animais, ele é capaz de orientar e dar ordens a sua equipe. Desbravando o interior, ele é uma personagem muito importante na construção do folclore local.

São uniões de pensamentos, desejos e emoções dum povo sofrido. O Nordeste Brasileiro tão castigado pela seca, desigualdades sociais, corrupção, autoritarismo, colonialismo representa um desafio para esse nobre personagem. Ele quer sobreviver e ama sua terra. A maior dor no coração do vaqueiro é ter que sua mudar de sua terra em busca de novas oportunidades de trabalho. Quando isso acontece, restam na sua mente as recordações de outrora.

Lendas de Ingazeira

A cobra do Rio Pajeú

Em Ingazeira, ás margens do Rio Pajeú, há uma lenda bem interessante. No começo da povoação Portuguesa na região, havia uma tribo indígena que dominava o local. Os portugueses chegaram e oprimiram os indígenas, o que gerou conflito entre eles. Então um famoso Pajé invocou a cobra do rio Pajeú para defender a tribo.

Essa cobra tinha mais de dez metros de comprimento com um metro de largura. Jogando fogo em cima dos portugueses, a cobra mística afugentou a primeira expedição que tentava dominar a Vila de Ingazeira. Só com a chegada de reforços, é que a cobra foi morta e a paz foi restabelecida.

Amor proibido na fazenda Ingazeira

A fazenda Ingazeira foi fundada Por Agostinho Nogueira de carvalho e era um latifúndio produtivo com economia produtiva com rebanhos bovinos, rebanho ovinos e extensas plantações de cacau.

Havia muita mão de obra escrava na fazenda,

entre eles negros e índios. Apesar da separação física entre patrões e empregados, diz-se que houve um amor proibido entre a governanta da fazenda e um dos negros da senzala. Descoberto o relacionamento, houve bastante conflitos o que ocasionou a fuga do casal. Foram viver no quilombo de serra da cruz, no município de Pesqueira.

Tiveram filhos mestiços e consolidaram um grupo familiar mesmo contra todas as adversidades. Tempos depois, a escravidão acabou e a geração foi perpetuada com mais tranquilidade. O amor venceu e isso era algo a ser comemorado.

Lendas de Afrânio

O chupão de Vacas de Afrânio

Afrânio é uma cidade reconhecida por ser de grande produção leiteira. Numa fazenda denominada orgulho, estranhos fenômenos estavam acontecendo ultimamente. Geralmente, a produção diária de leite era mil litros por dia. Entretanto, essa média diária caiu para apenas quinhentos litros diários. Intrigado, o fazendeiro e seus jagunços resolveram fazer tocaia a noite para averiguar o que estava acontecendo.

O que viram foi algo monstruoso: Uma criatura com dois metros de altura, metade lobo e metade homem, estava sugando o leite da maioria das vacas. Os donos reagiram e atiraram uma bala de prata em seu coração. A criatura gritou e caiu para morta. Foi um ato extremamente necessário para salvar a economia da fazenda.

Lendas de Agrestina

Fuga de escravos

Negro fugitivo

Já fazem horas que nos afastamos do engenho principal. Mas ainda sinto medo. Como se sente, meu amor?

Donzela sequestrada

Eu me sinto a mulher mais feliz do mundo. Não me arrependo da decisão de acompanha-lo. Estar com você é o melhor prêmio. Apesar de ser rica, eu não me sentia feliz na casa do meu pai. Aliás, eu era muito infeliz. Eu tinha tudo o que o dinheiro poderia me dar mas não era feliz emocionalmente. Eu vivia uma vida de aparências para agradar a sociedade. Foi aí que você apareceu. Você mudou completamente minha estrutura emocional. Pela primeira vez, eu me senti desejada e amada. Eu me senti uma mulher verdadeiramente feliz. Portanto, arrisquei nessa difícil decisão de fugir de casa.

Negro fugitivo

Eu me sinto honrado por ter seu amor. Prometo que nada faltará para você. Eu serei seu protetor de todas as horas. Vamos lutar pelo nosso amor que é a coisa mais importante que nós temos.

Donzela sequestrada

Com certeza, amor. Que a felicidade se mantenha em nossas vidas.

O casal continuou sua jornada. Chegando no local certo, construíram sua casa e formaram família. Tiveram cinco lindos filhos mestiços. Foram felizes para sempre.

Festa de Nossa senhora do desterro

Centro de Agrestina. A equipe do vidente visita uma tradicional rezadeira da região.

Rezadeira

Estava esperando vocês. É uma honra recebe-los em minha casa. Sinto boas vibrações emanadas de vossas mentes.

Divine

Obrigado, querida senhora. Nós somos um grupo altamente competente e determinado. Buscamos sempre o prazer do aprender. Isso é algo que trago comigo desde a minha infância. Todos os sofrimentos que passei durante minha vida me fizeram crescer como pessoa. Atualmente, eu tenho uma visão mais determinada do mundo. Quero me expandir para o horizonte. Eu sou a árvore da vida que sustenta o mundo. Eu sou uma mistura de crenças, pensamentos e sensações frenéticas. Eu sempre busco a vitória mesmo diante dos possíveis fracassos. Quem não perde, não sabe vencer. Temos que seguir sempre em frente.

Beatriz

Nossas entidades nos trouxeram até aqui. Parece que existe algo que nos atrai para este lugar. Uma espécie de magia altamente poderosa. É algo inexplicável.

Renato

Soubemos de sua grande sabedoria. Precisamos aprender algo para continuar nossas andanças. É preciso renascer para brilhar intensamente.

Espírito da montanha

É o que sempre digo. Não há coincidência. Esta

força que nos une chamada destino nos trouxe até aqui. Precisamos aproveitar o momento e crescer da melhor forma possível.

Rezadeira

Muito bem! Admiro todos vocês. Eu sei muito pouco. Mas o pouco que tenho quero partilhar. Faça sempre o bem sem olhar a quem. A caridade é um grande ato de amor e que enobrece a alma. Precisamos sempre nos colocar no lugar do outro. Não critique mas oriente. O conselho bem dado pode gerar uma reflexão e , posteriormente, bons frutos. Sejam sempre humildes. Nunca destruam ninguém por causa de seus objetivos. As oportunidades são para todos. Basta aproveitar da melhor forma possível. Vocês são luz. Continuem sempre assim.

Foi uma tarde de aprendizados, comida, passeios, festa de rua e muita diversão. Eles respeitavam muito o simbolismo da festa e estavam dispostos a encarnar o espírito do homem interiorano. O brasil de todas as culturas, raças, credos e religiões. O Brasil de nós todos.

Lendas de Água Preta
Histórias da Usina Santa Therezinha

Mayara, uma velha negra, antiga residente dessa usina começa a contar histórias:

"Abner, um preto velho respeitado, era uma das figuras centrais do quadro de empregados da fazenda. Líder duma revolução, o preto velho ensina algumas coisas. "A vida é como uma grande estrada a ser percorrida. Uns com mais talentos e outros com menos talentos. O senhor busca servos dedicados, engajados no seu projeto. Cabe a cada um reconhecer seu papel dentro do aspecto universal. Essa busca de identidade começa desde a infância e pode se estender para a vida toda. Quando o ser humano evolui a ponto de entender seu papel no universo, ele é capaz de fazer uma tomada de decisão. Isso pode ter resultados concretos para sua vida. Exemplificando, vemos a lei de causa e efeito. Quando praticamos o bem, o bem retorna para nós. Da mesma forma, praticar o mal só te traz desgraça. Todos temos apenas o que merecemos. Nada escapa aos olhos do criador. Perdoar se faz necessário para nosso bem-estar, mas não é o suficiente. Quando a confiança se quebra, não pode ser mais recuperada. Podemos perdoar, mas não podemos esquecer. Sempre haverá o sentimento de perda e frustração. Entretanto, mesmo depois de grandes decepções, há sempre um novo caminho a trilhar. Temos que renascer sempre para tentar sermos felizes. Não adianta ficar preso ao passado pois isso só te trará prejuízos. Se você guardar rancor, ficará preso para sempre na escuridão. Portanto, tente outra vez. Há muitas maneiras de fazer um bom papel na vida. Não precisamos ter tudo mas temos que aprender a sermos gratos com o que temos. Continue seguindo em frente. Acredite sempre em seus objetivos ou apenas desista deles. Isso se chama substituição de sonhos. Desistimos de alguns sonhos para podermos termos chances de conquistar outros. Isso te trará prazer e conforto. Não lamente nem cultue seus erros. Exalte seus acertos e aprenda com eles. Tenha também uma atitude ativa. Lute pelo que acredita. Tenha coragem de enfrentar opiniões contrárias. Lembre-se que enquanto você viver em função da opinião dos outros, você será um ser incompleto. Tenha suas próprias regras e leis. Tenha identidade própria. É inútil querer agradar a todos. Nem mesmo cristo conseguiu esse feito. Então viva para si mesmo, liberte-se dos seus medos interiores e seja feliz.

Projeto carnavalesco O Barão da Água preta

Trazendo de volta o carnaval raiz, fortalece o folclore do estado de Pernambuco. No carnaval, há um turbilhão de emoções, sentimentos e nostalgia. É a cultura do Nordeste em seu mais alto grau de expressividade. É arte da gente, de nosso povo sofrido. O brasil que todos nós queremos é um país com mais cultura, justiça social, saúde, educação e melhores condições sociais para todos.

Lendas de Águas Belas

A bela índia de Águas belas

Araci era uma bela donzela indígena pertencente a aldeia local. Com a chegada dos forasteiros Portugueses, os índios se admiravam com os visitantes. Araci foi uma delas. Ela se apaixonou de tal maneira por João Cardoso que só pensava nele em todos os momentos. A angustia da pequena indígena era tão grande que ela se engraçou pelo estrangeiro. Houve reciprocidade e o amor aconteceu. Quando foram descobertos, houve grande resistência por parte dos indígenas. Mas a morena indígena continuou lutando pelo seu amor. Ao final, ficaram juntos tendo quatro lindos filhos. Foram gerados filhos mestiços que mais tarde seriam os percussores da população local.

Lendas de Alagoinha

A trilha ecológica de Alagoinha

A equipe do vidente se faz novamente presente. Munido de mochila, água e lanterna, o grupo percorre a trilha do gavião, famosa na região.

Guardiã

Estamos num caminho sagrado. Existem relatos incríveis sobre essa região. Temos mestres e divindades sagradas. É um loca de muita espiritualidade.

Beatriz

Sinto vibrações importantes enviadas pelos meus espíritos ancestrais. Podemos dizer que me encanto com esse lugar.

Renato

Eu sou suspeito para falar. Tenho amigos aqui que me apresentaram diversas belezas de Alagoinha. Isso é muito instrutivo.

Divine

Temos aqui um ponto de encontro de almas. São vozes importantes que precisam ser ouvidas. De latifundiários, freiras e até pequenos empregados todos tem sua importância na construção da identidade local. E uma essência interna, o âmago dos espíritos elevados. O âmago reúne todas as características internas do individuo e é isso que o torna assustados. Pessoas negam isso para poder conviver harmonicamente em sociedade. Negar isso é se manter dentro do padrão. Assumir isso é romper com a tradição e se expor aos riscos. Recomendo que optem pela segunda opção. Quando assumimos o que realmente somos, temos a possibilidade de sermos felizes.

O grupo passa a noite meditando. Há muitas alegrias e aventuras vividas em segredo. Emoções contidas na alma que precisam ser exploradas. Um Brasil a ser descoberto.

Vaquejada

Estávamos no parque Brasília. Era uma aglomeração de pessoas e animais. Havia alegria, dança e encantamento em todos os presentes. Nos bares próximos, pessoas bebiam e conversavam. Era a típica festa de interior.

A atividade cultural começara. Cavaleiros e bois na rinha. Eu acho extremamente inapropriado e sofrido para os animais mas tem gente que gosta do esporte. Isso é algo parecido com que os caçadores fazem com as caças pelo prazer do esporte.

Observamos e nos divertimos com o evento cultural. Quando um cavaleiro cai no chão, risadas ocorrem. Era a mais expressiva manifestação do folclore nordestino.

Ao final, temos um espetáculo com banda musical. O ritmo apresentado é o forró, musical tradicional no nordeste brasileiro. Todos dançam e praticam exercícios o que os faz sentir bem. Era mais um dia de crescimento espiritual e humano.

Lendas de Aliança

Maracatu de Baque Solto

Originário dos Engenhos antigos, essa dança foi criada por negros e mestiços. É um tipo de dança histórica que conta a trajetória do povo canavieiro e suas percepções histórico-culturais de mundo. Essa manifestação cultural representa o âmago do camponês, sua verdadeira identidade cultural frente a repressão da sociedade.

Final

www.ingramcontent.com/pod-product-compliance
Lightning Source LLC
LaVergne TN
LVHW020445080526
838202LV00055B/5347